Este libro de Ladybird pertenece a:

V. M. Sirabella MFCCI
406 Main St. #214
Watsonville, CA 95076

Adaptación de Audrey Daly
Traducción de María Ester Sánchez Núñez

tapa ilustrada por Thea Kliros

© Ladybird Books USA 1996

Derechos reservados conforme a la ley. Ninguna parte de esta publicación puede ser reproducida, almacenada o transmitida en manera alguna ni por ningún medio actual o futuro, ya sea electrónico, mecánico o informático, de grabación o de fotocopia, sin la autorización escrita de los titulares del <<copyright>>, a excepción de un revistero que quiere citar breves pasajes en relación con una reseña escrita para inclusión en una revista o un periódico o para transmisión por televisión o radio.

Publicado originalmente en Inglaterra por Ladybird Books Ltd ©1994

Primera edición norteamericana: Ladybird Books USA
Una división de Penguin Books USA Inc.
375 Hudson Street, New York, New York 10014

Impreso en Inglaterra
10 9 8 7 6 5 4 3 2 1

ISBN 0–7214–5603–0

Los Cuentos de Siempre

Los duendes y el zapatero

*Illustraciones
de*
PETER STEVENSON

Basado en la historia de Jacob y Wilhelm Grimm

Había una vez un zapatero tan pobre, que no tenía dinero para comprar comida para él ni para su mujer. Lo único que le quedaba en su taller era un poco de cuero para hacer un par de zapatos.

Conforme iba cortando el cuero, se preguntaba tristemente si alguien vendría a comprarlos. Después, dejó las piezas cortadas sobre su banco de trabajo para acabarlos al día siguiente, y subió a su casa para acostarse.

A la mañana siguiente cuando bajó para continuar su trabajo, el zapatero no podía creer lo que estaba viendo. En lugar de los trozos de cuero que cortó la noche anterior, había un par de zapatos perfectamente acabados.

El zapatero los miró detenidamente. Estaban hechos con puntadas pequeñas y parejas y hasta les habían sacado brillo. Estaba asombrado y fue a enseñárselos a su mujer. ¿Quién podría haber hecho tan buen trabajo?

Aquella mañana entró en la tienda una mujer muy rica para comprarse unos zapatos. Cuando el zapatero le enseñó el único par que tenía, ella sonrió y dijo mientras se los probaba:
—«¡Qué zapatos tan bonitos! ¡Y además son de mi número! Le pagaré cinco monedas de plata.»

El zapatero cogió las monedas y se fue a comprar algo de comida y un poco de cuero para hacer *dos* pares más de zapatos.

Como había hecho la noche anterior, cortó los trozos de cuero y se fue a dormir.

Y ocurrió lo mismo de nuevo. Cuando el zapatero llegó a su taller por la mañana, dos pares de zapatos preciosos estaban acabados y esperándole.

Les habían sacado tanto brillo que resplandecían a la luz del sol, y las puntadas eran pequeñas y parejas.

A la tarde, un hombre de negocios se acercó al taller. Le gustaron tanto los zapatos que se compró *los dos* pares y le pagó al zapatero mucho dinero por ellos.

Aquel día el zapatero pudo comprar suficiente cuero como para hacer *cuatro* pares de zapatos. Igual que las veces anteriores, cortó el cuero, lo dejó sobre su banco de trabajo y se marchó a la cama. A la mañana siguiente cuatro pares de zapatos, relucientes y acabados, le estaban esperando.

La misma historia se repetía noche tras noche. Y día tras día, gente adinerada venía a comprarlos. Al poco tiempo el zapatero y su mujer se habían hecho ricos también.

Una noche, antes de que llegase Navidad, el zapatero le comentó a su mujer: «Todo este tiempo ha habido alguien que nos ha estado ayudando a hacer los zapatos perfectos, y nosotros todavía no sabemos quién puede ser. Me pregunto cómo podríamos averiguarlo.»

—«¿Por qué no nos quedamos esta noche para ver qué ocurre?», le contestó ella.

Así que, después de cenar, encendieron una vela y se dirigieron al taller. Se escondieron detrás del mostrador y esperaron para ver qué pasaba.

Por fin se abrió la puerta y entraron corriendo dos duendecillos, vestidos con harapos. Fueron al banco de trabajo, cogieron los trozos de cuero y se pusieron manos a la obra.

Cosieron y martillearon hasta que todos los zapatos estuvieron acabados. Y después de sacarles brillo hasta que resplandecieron a la luz de la luna, salieron corriendo del taller.

A la mañana siguiente, el zapatero le decía a su mujer: «Esos duendes han trabajado tanto para nosotros... ¿Cómo podríamos devolverles el favor?»

—«¡Ya sé!», contestó su mujer. «¿Por qué no les hacemos algo de ropa para que se abriguen? Pues van vestidos con harapos y llevan los pies descalzos. Yo podría hacerles unos gorritos y tú unos zapatos.»

El zapatero pensó que era una buena idea, y aquella misma noche empezó a hacer dos pares de zapatitos, y su mujer empezó a hacerles los gorros.

Durante los días siguientes los dos estuvieron haciendo un vestuario completo para sus amigos los duendes: camisas, pantaloncitos, chalecos... Y para acabar, la mujer les tejió dos pares de calcetines para calentar sus pequeños pies.

La Nochebuena había llegado y toda la ropita estaba acabada. La mujer del zapatero buscó papel y lazos para envolver cada uno de los regalos por separado.

El zapatero estaba tan orgulloso de los zapatitos que había hecho que los guardó hasta el final para envolverlos cuidadosamente.

Después colocaron los paquetes sobre el banco de trabajo, se escondieron detrás del mostrador y esperaron impacientes a que entrasen los duendecillos.

A media noche los duendes entraron dispuestos a trabajar. Pero cuando llegaron al banco de trabajo, lo único que encontraron fue un montón de pequeños paquetes.

Los duendes se miraron sorprendidos y después se dieron cuenta de que esos paquetes eran regalos para ellos. Y, riéndose, empezaron a desenvolverlos.

Cuando vieron la ropita empezaron a saltar de alegría y a quitarse sus viejos harapos para poder estrenar cuanto antes sus nuevos conjuntos.

Después los duendecillos salieron por la puerta cantando felizmente:
—*«¡Mira qué guapos estamos!*
¡Ya no haremos más zapatos!»

Aquella fue la última vez que el zapatero y su mujer vieron a los hombrecitos, pero nunca más pudieron olvidarse de ellos, y vivieron ricos y felices el resto de sus vidas.

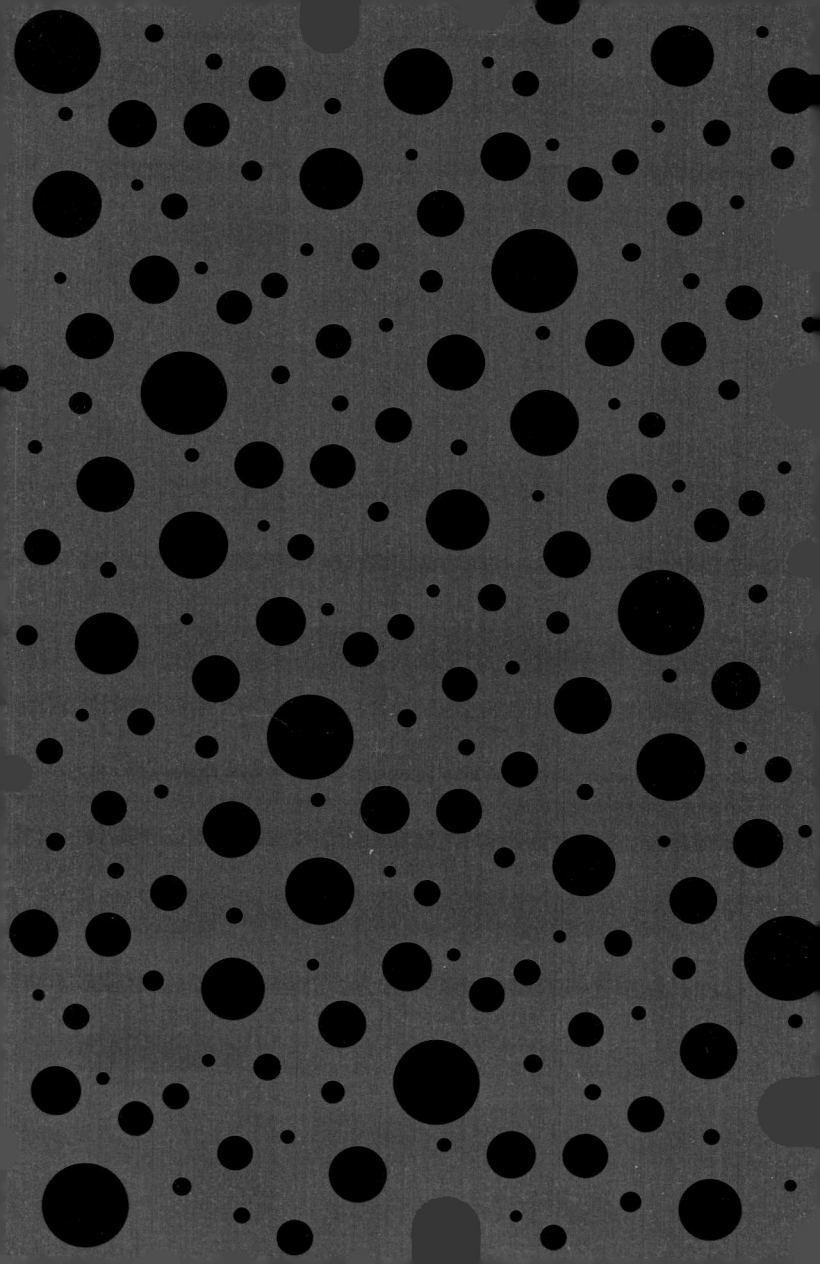